GIANNI
RODARI
PER
TUTTO L'ANNO

Testi tratti da: *Filastrocche lunghe e corte, Novelle fatte a macchina,*
Il secondo libro delle filastrocche, Favole al telefono,
Filastrocche per tutto l'anno, Filastrocche in cielo e in terra,
Fiabe lunghe un sorriso, Il libro degli errori, Il libro dei perché,
I viaggi di Giovannino Perdigiorno, Tante storie per giocare
di Gianni Rodari

Progetto grafico della copertina: Gaia Stella

ISBN 978-88-6656-383-9

www.edizioniel.com

Finito di stampare nel mese di marzo 2017
per conto delle Edizioni EL
presso G. Canale & C. S.p.A., Borgaro Torinese (To)

GIANNI
RODARI
PER
TUTTO L'ANNO

Illustrazioni di Antonella Abbatiello

Einaudi Ragazzi

I 12 MESI

GENNAIO

Gennaio, gennaio,
il primo giorno è il piú gaio,
è fatto solo di speranza:
chi ne ha tanta, vive abbastanza.

1

FEBBRAIO

Febbraio viene a potare la vite
con le dita intirizzite:
è senza guanti ed ha i geloni
e un buco negli zoccoloni.

MARZO

Marzo pazzo e cuorcontento
si sveglia un mattino pieno di vento:
la prima rondine arriva stasera
con l'espresso della primavera.

APRILE

Aprile tosatore
porta la lana al vecchio pastore
spoglia la pecora e l'agnello
per farti un berretto ed un mantello.

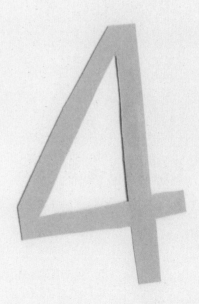

MAGGIO

Maggio viene ardito e bello
con un garofano all'occhiello,
con tante bandiere nel cielo d'oro
per la festa del lavoro.

GIUGNO

Giugno, invece, è falciatore;
il fieno manda un dolce odore,
in alto in alto l'allodola vola,
il bidello chiude la scuola.

LUGLIO

Luglio miete il grano biondo,
la mano è stanca, il cuore è giocondo.
Canta il cuculo tra le foglie:
c'è chi lavora e mai non raccoglie.

AGOSTO

Agosto batte il grano nell'aia,
gonfia i sacchi, empie le staia:
c'è tanta farina al mondo... perché
un po' di pane per tutti non c'è?

SETTEMBRE

Settembre settembrino,
matura l'uva e si fa il vino,
matura l'uva moscatella:
scolaro, prepara la cartella!

OTTOBRE

Ottobre seminatore:
in terra il seme sogna il fiore,
sotterra il buio germoglio sa
che il sole domani lo scalderà.

NOVEMBRE

Novembre legnaiolo
va nei boschi solo solo,
c'è l'ultima foglia a un albero in vetta
e cade al primo colpo d'accetta.

DICEMBRE

Vien dicembre lieve lieve,
si fa la battaglia a palle di neve:
il fantoccio crolla a terra
e cosí cade chi vuole la guerra!

12

UNA PER OGNI MESE

Gennaio: I pesci

– Sta' attento, – dice il pesce grosso al pesce piccolo, – quello lí è un amo. Non abboccare.

– Perché? – domanda il pesce piccolo.

– Per due ragioni, – risponde il pesce grosso. – La prima è che se abbocchi, ti pescano, t'infarinano e ti friggono in padella. Poi ti mangiano, con due foglie d'insalata per contorno.

– Ohibò! Anzi, grazie tante. Mi hai salvato la vita. E la seconda ragione?

– La seconda ragione, – dice il pesce grosso, – è che ti voglio mangiare io.

Febbraio: Il numero trentatre

Conosco un piccolo commerciante. Non
commercia né in zucchero né in caffè, non
vende né sapone né prugne cotte. Vende solo il
numero trentatre.

È una persona onestissima, vende roba
genuina e non ruba mai sul peso. Non è di quelli
che dicono: «Ecco il suo trentatre, signore»
e invece magari è soltanto un trentuno o un
ventinove.

I suoi trentatre sono tutti garantiti di marca,
dispari al cento per cento, tre decine e tre unità,
l'accento sull'ultima sillaba.

Non fa grandi affari, però. Di trentatre non
c'è un grande smercio. Solo quelli che debbono
andare dal dottore entrano nel negozietto e ne
comprano uno. Ma ci sono anche di quelli che
comprano un trentatre usato a Porta Portese.

Lui ad ogni modo non si lamenta. Potete mandare da lui un bambino, o anche un gatto, con la sicurezza che non farà imbrogli.

È un onesto esercente. Nel suo piccolo, è una colonna della società.

Marzo: La cartolina

C'era una volta una cartolina senza indirizzo.
C'era scritto soltanto: «Saluti e baci». E sotto
la firma: «Pinuccia». Nessuno poteva dire se
questa Pinuccia fosse signora o signorina, una
vecchia bisbetica o una ragazzetta in blue jeans.
O magari una spia.
Tanta gente avrebbe voluto prendersi almeno
uno di quei «saluti» e di quei «baci», almeno il
piú piccolo. Ma, come fidarsi?

SALUTI

e

BACI

Pinuccia

Aprile: L'assedio

Il generale Tuthià disse al gran Faraone:
– Maestà, quella città lí, con un assedio regolare
non la prendiamo neanche a piangere. Ci vuole
un trucco.
  – E tu, ce l'hai?
  – Ce l'ho, sí.
  Il generale fece disporre di notte mille grosse
giare intorno alla città assediata.

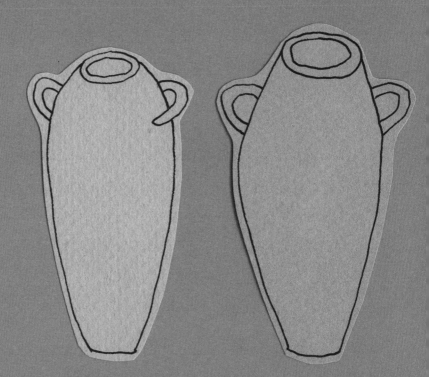

Dentro ogni giara c'era un soldato armato di tutto punto. Poi l'esercito egiziano fece armi e bagagli, sgombrò il campo, batté in ritirata. Gli assediati corrono alle mura, non vedono piú gli egiziani, vedono le giare e gridano: – Buone! Per il raccolto delle olive, è quello che ci vuole.

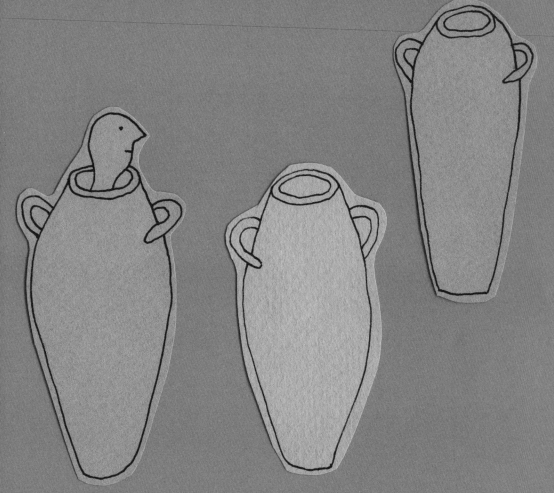

Ci vollero cento carri per portare le giare in città. Di notte, poi, i soldati egiziani ruppero le giare, saltarono fuori, aprirono le porte, appiccarono il fuoco; il Faraone tornò con tutte le sue truppe. Morale: vittoria completa. Gran festa, fuochi artificiali.

Solo il generale Tuthià non si mostrava troppo contento.

– Ma come, – fece il Faraone, – ti ho dato la massima decorazione dell'impero, una pensione di prima categoria, mille cavalli, uno per ogni giara, cosa vuoi di piú?

– Niente, Maestà. Ma penso che tra mille anni, alla guerra di Troia, un generale greco farà con un solo cavallo quello che io ho fatto con mille giare. Purtroppo noi non conosciamo ancora il cavallo. E cosí quello si prenderà tutta la gloria.

– Guardie, – gridò allora il Faraone, – acchiappate questo traditore e tagliategli la testa. Lui non voleva la città, voleva la gloria. Voleva un poeta per fargli la biografia. Passare alla storia non gli bastava: voleva passare anche alla poesia. A morte!

Maggio: Dialoghetto

– Che cosa si aspetta da me la gente?
  – Che tu da lei non ti aspetti niente.

Giugno: Gli uccelli

Conosco un signore che ama gli uccelli. Tutti: quelli di bosco, quelli di palude, quelli di campagna. I corvi, le cutrettole, i colibrí.

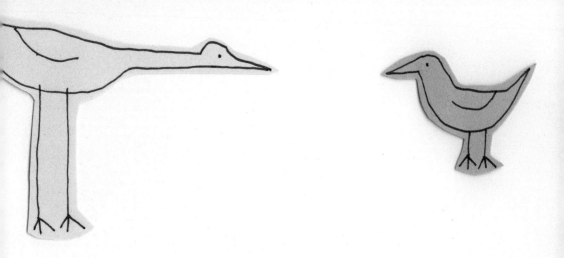

Le anatre, le folaghe, i verdoni, i fagiani. Gli
uccelli europei, gli uccelli africani. Ha un'intera
biblioteca sugli uccelli: tremila volumi, molti dei
quali rilegati in pelle.

Egli adora istruirsi sugli usi e costumi
degli uccelli. Impara che le cicogne, quando
scendono dal Nord al Sud, percorrono la linea
Spagna-Marocco o quella Turchia-Siria-Egitto,
per schivare il Mediterraneo: ne hanno una gran
paura. Non sempre la strada piú corta è la piú
sicura.

Sono anni, lustri, decenni che quel mio
conoscente studia gli uccelli. Cosí sa di preciso
quando passano, si mette lí col suo fucile
automatico e *bang! bang!,* non ne sbaglia uno.

Luglio: La catena

La catena si vergognava di se stessa. «Ecco, –
pensava, – tutti mi schivano e hanno ben
ragione: la gente ama la libertà e odia le
catene».

Passò di lí un uomo, prese la catena, salí su un
albero, ne legò i due capi a un ramo robusto e ci
fece l'altalena.

Ora la catena serve per far volare in alto i figli
di quell'uomo, ed è molto contenta.

Agosto: In treno

In treno faccio conoscenza con un signore.
Conversiamo piacevolmente del piú, del meno
e anche di altre cose. A un certo punto egli dice:
– Sa, io vado a Domodossola!

   – Bravo! – esclamo con ammirazione. – Lei
ha fatto un magnifico complemento di moto a
luogo.

   Egli assume di colpo un'espressione severa,
persino un po' disgustata.

   – Guardi, – dice seccamente, – che certe cose
io le lascio fare agli altri.

   E per tutto il resto del viaggio non mi rivolge
la parola.

Settembre: L'Aida

La nostra cittadina ha festeggiato ieri
il signor Trombetti Giovancarlo, che in
trent'anni di lavoro ha registrato da solo
e senza aiutanti l'opera *Aida* del maestro
Giuseppe Verdi.

Ha cominciato che era quasi un ragazzo,
cantando davanti al microfono del suo
registratore la parte di Aida, poi quella di
Amneris, poi quella di Radamès. Una dopo
l'altra ha cantato e registrato tutte le parti.
Anche i cori. Siccome il coro dei sacerdoti
doveva essere di trenta cantanti, lo ha dovuto
cantare trenta volte. Poi ha studiato tutti
gli strumenti, dal violino alla grancassa,
dal fagotto al clarino, dalla tromba al corno
inglese, eccetera. Ha inciso le parti una per
una, poi le ha fuse in un nastro comune per
ottenere l'effetto dell'orchestra.

Tutto questo lavoro l'ha fatto in uno

scantinato affittato all'uopo, lontano dal suo domicilio. Alla famiglia diceva che andava a fare gli straordinari. E invece andava a fare l'*Aida*. Ha fatto i rumori degli elefanti, quelli dei cavalli, i battimani alla fine delle arie piú famose. Per fare l'applauso alla fine del primo

atto, ha applaudito tutto da solo, per la durata
di un minuto, tremila volte, perché aveva deciso
che allo spettacolo assistessero tremila persone,
delle quali quattrocentodiciotto dovevano
gridare: «Bravi!», centoventuno: «Benissimo!»,
trentasei: «Vogliamo il bis!», dodici, invece:
«Cani! Andatevi a nascondere».

E ieri, come ho detto, quattromila persone,
stipate nel teatro comunale, hanno avuto
la prima audizione dell'eccezionale opera.
Alla fine quasi tutti erano d'accordo nel dire:
«Straordinario! Pare proprio un disco!».

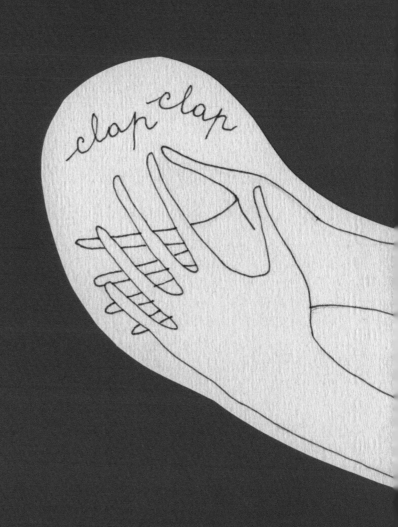

Ottobre: Divento piccolo

È terribile diventare piccoli a questo modo,
tra gli sguardi divertiti della famiglia. Per
loro è uno scherzo, la cosa li mette di buon
umore. Quando il tavolo mi sorpassa, si fanno
carezzevoli, teneri, affettuosi. I nipotini corrono
a preparare la cesta del gatto: evidentemente si
propongono di farne la mia cuccia; mi sollevano

da terra con delicatezza, prendendomi per
la collottola, mi posano sul vecchio cuscino
stinto, chiamano amici e parenti a godersi lo
spettacolo del nonno nella cesta. E divento
sempre piú piccolo. Mi possono chiudere, ormai,
in un cassetto insieme ai tovaglioli, puliti o
sporchi. Nel giro di pochi mesi non sono piú
un padre, un nonno, uno stimato professionista,
ma un affarino che si fa passeggiare sul tavolo
quando la televisione non è accesa. Prendono la
lente d'ingrandimento per guardarmi le unghie
piccolissime. Tra poco basterà una scatola di
cerini a contenermi. Poi qualcuno troverà la
scatola vuota e la butterà via.

Novembre: I giornali

Conosco un altro signore in treno. È salito
a Terontola con sei giornali sotto il braccio.
Comincia a leggere.

Legge la prima pagina del primo giornale, la
prima pagina del secondo giornale, la prima
pagina del terzo giornale, e cosí via fino al sesto.

Poi passa a leggere la seconda pagina del
primo giornale, la seconda pagina del secondo
giornale, la seconda pagina del terzo giornale, e
avanti cosí.

Poi attacca la terza pagina del primo giornale, la terza pagina del secondo, con metodo e diligenza, prendendo ogni tanto qualche appunto sui polsini della camicia.

A un tratto mi coglie un pensiero spaventoso: «Se tutti i giornali hanno lo stesso numero di pagine, va bene; ma che cosa succederà se un giornale ha sedici pagine, un altro ventiquattro, un altro soltanto otto? Vedendo fallire il suo metodo, che cosa farà quel povero signore?».

Per fortuna scende a Orte e io non faccio in tempo ad assistere alla tragedia.

Dicembre: Il vocabolario

Una pagina del vocabolario su cui
medito spesso è quella in cui coabitano
silenziosamente, senza mai salutarsi né farsi
gli auguri di buon anno, l'*ortensia*, l'*ortica*,
l'*ortolano* e l'*ortografia*.

   La cosa mi intriga assai. Fin che immagino
l'*ortolano* intento a strappare l'*ortica* perché
l'*ortensia* cresca liberamente, la mia pace non è
turbata. Ma poi l'*ortolano* si mette a insegnare
l'*ortografia* all'*ortensia*, la quale, essendo un
fiore, se ne infischia. A questo punto passa, nella
stessa pagina, un prete *ortodosso*. Per chi sta

pregando? Per l'*ortensia* defunta, per l'*ortolano* matto o per tutti quelli che soffrono a causa dell'*ortografia*? Questo interrogativo spalanca davanti ai miei occhi un vero e proprio abisso, in fondo al quale – cioè in fondo alla pagina – vagola solitario il verbo *ortografizzare*. Pare che significhi: «Seguire le regole dell'ortografia». Ma il suo suono è spaventoso. Forse è un verbo cannibale.

È IN ARRIVO UN TRENO CARICO DI...

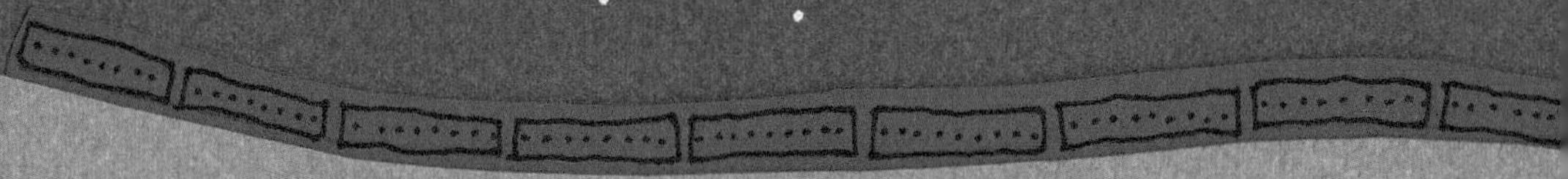

Nella notte di Capodanno,
quando tutti a nanna vanno,
è in arrivo sul primo binario
un direttissimo straordinario,
composto di dodici vagoni
tutti carichi di doni...

Gennaio

Sul primo vagone, sola soletta,
c'è una simpatica vecchietta.
Deve amar molto la pulizia
perché una scopa le fa compagnia...

Dalla sua gerla spunta il piedino
di una bambola o d'un burattino.
– Ho tanti nipoti, – borbotta, – ma tanti!
E se volete sapere quanti,
contate tutte le calze di lana
che aspettano il dono della Befana.

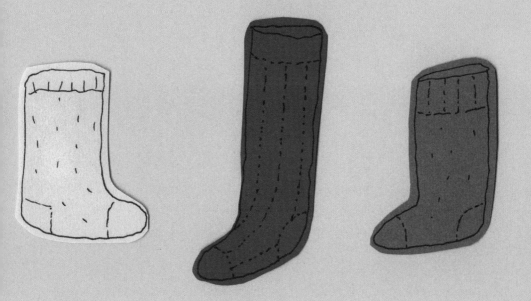

Febbraio

Secondo vagone, che confusione!
Carnevale fa il pazzerellone:
c'è Arlecchino, c'è Colombina,
c'è Pierrot con la sua damina,
e accanto alle maschere d'una volta
galoppano indiani a briglia sciolta,
sceriffi sparano caramelle,
astronauti lanciano stelle
filanti, e sognano a fumetti
come gli eroi dei loro giornaletti.

Marzo

Sul terzo vagone
viaggia la Primavera
col vento marzolino.
Gocce ridono e piangono
sui vetri del finestrino.
Una rondine svola,
profuma una viola...
Tutta roba per la campagna.
In città, fra il cemento,
profumano soltanto
i tubi di scappamento.

Aprile

Il quarto vagone è riservato
a un pasticcere rinomato
che prepara, per la Pasqua,
le uova di cioccolato.
Al posto del pulcino c'è la sorpresa.
Campane di zucchero
suoneranno a distesa.

Maggio

Un carico giocondo
riempie il quinto vagone:
tutti i fiori del mondo,
tutti i canti di Maggio...
Buon viaggio! Buon viaggio!

Giugno

Giugno, la falce in pugno!
Ma sul sesto vagone
io non vedo soltanto
le messi ricche e buone...
Vedo anche le pagelle:
un po' brutte, un po' belle,
un po' *gulp*, un po' *squash*!
Ah, che brutta invenzione,
amici miei,
quei cinque numeri prima del sei.

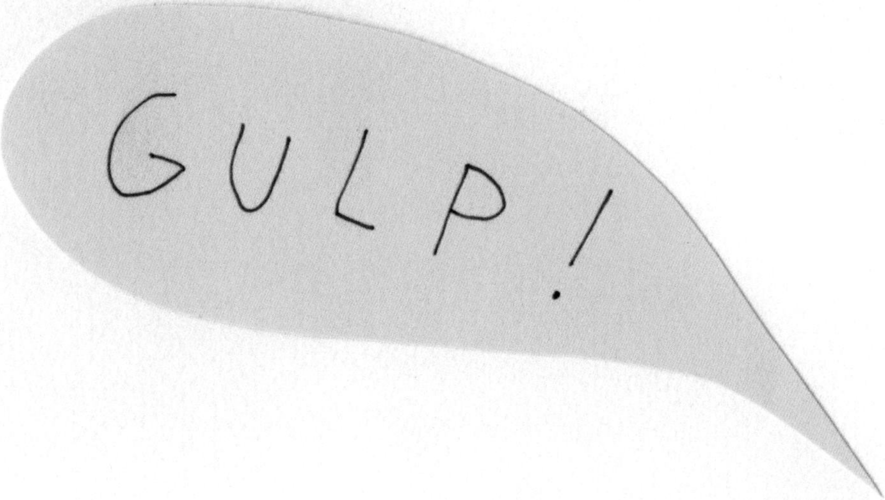
GULP!

Luglio

Il settimo vagone
è tutto sole e mare:
affrettatevi a montare!
Non ci sono sedili, ma ombrelloni.
Ci si tuffa dai finestrini
meglio che dai trampolini.
C'è tutto l'Adriatico,
c'è tutto il Tirreno:
non ci sono *tutti* i bambini...
ecco perché il vagone non è pieno.

Agosto

Sull'ottavo vagone
ci sono le città:
saranno regalate
a chi resta in città
tutta l'estate.
Avrà le strade a sua disposizione:
correrà, svolterà, parcheggerà
da padrone.
A destra e a sinistra
sorpasserà se stesso...
Ma di sera sarà triste lo stesso.

Settembre

Osservate sul nono vagone
gli esami di riparazione.
Severi, solenni come becchini...
e se la pigliano con i bambini!
Perché qualche volta, per cambiare,
non sono i grandi a riparare?

Ottobre

Sul decimo vagone
ci sono tanti banchi,
c'è una lavagna nera
e dei gessetti bianchi.
Dai vetri spalancati
il mondo intero può entrare:
è un ottimo maestro
per chi lo sa ascoltare.

Novembre

Sull'undicesimo vagone
c'è un buon odore di castagne,
paesi grigi, grige campagne
già rassegnate al primo nebbione,
e buoni libri da leggere a sera
dopo aver spento la televisione.

Dicembre

Ed ecco l'ultimo vagone,
è fatto tutto di panettone,
ha i cuscini di cedro candito
e le porte di torrone.
Appena in stazione sarà mangiato
di buon umore e di buon appetito.
Mangeremo anche la panca
su cui siede a sonnecchiare
Babbo Natale con la barba bianca.

PRIMAVERA

IL SOLE
E LA NUVOLA

Il sole viaggiava in cielo, allegro e glorioso sul suo carro di fuoco, gettando i suoi raggi in tutte le direzioni, con grande rabbia di una nuvola di umore temporalesco, che borbottava:

– Sciupone, mano bucata, butta via, butta via i tuoi raggi, vedrai quanti te ne rimangono.

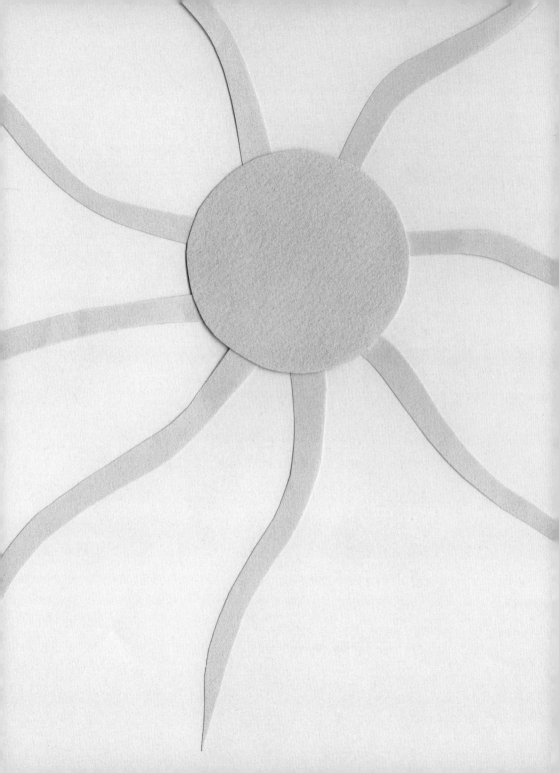

Nelle vigne ogni acino d'uva che maturava sui tralci rubava un raggio al minuto, o anche due; e non c'era filo d'erba, o ragno, o fiore, o goccia d'acqua, che non si prendesse la sua parte.

– Lascia, lascia che tutti ti derubino: vedrai come ti ringrazieranno, quando non avrai piú niente da farti rubare.

Il sole continuava allegramente il suo viaggio, regalando raggi a milioni, a miliardi, senza contarli.

Solo al tramonto contò i raggi che gli rimanevano: e guarda un po', non gliene mancava nemmeno uno. La nuvola, per la sorpresa, si sciolse in grandine. Il sole si tuffò allegramente nel mare.

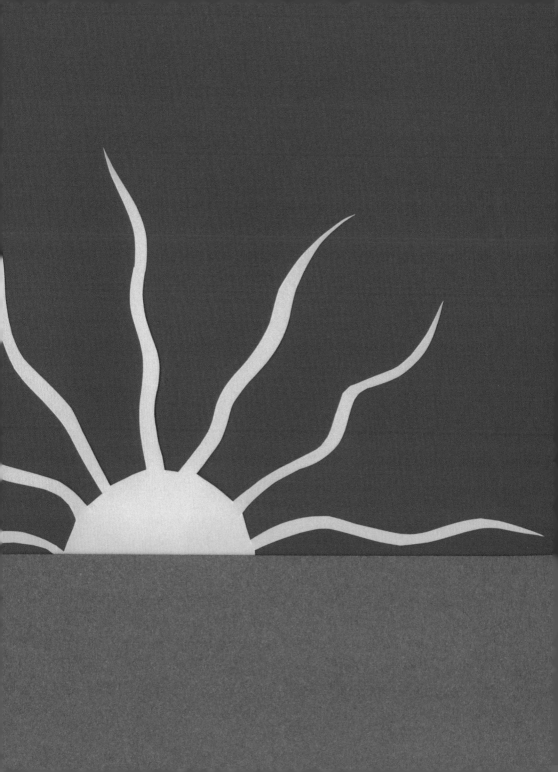

C'È ANCORA
UNA LUCERTOLA
SUL MURO

C'è ancora una lucertola sul muro,
c'è ancora un geranio sul balcone.

C'è ancora, ancora un po' di primavera:
ne resta sempre un poco tutt'inverno
e a chi la sa trovare
tanta gioia può dare.

IL FILOBUS
NUMERO 75

Una mattina il filobus numero 75, in partenza
da Monteverde Vecchio per Piazza Fiume,
invece di scendere verso Trastevere, prese per
il Gianicolo, svoltò giú per l'Aurelia Antica e
dopo pochi minuti correva tra i prati fuori Roma
come una lepre in vacanza.

I viaggiatori, a quell'ora, erano quasi tutti
impiegati, e leggevano il giornale, anche quelli
che non lo avevano comperato, perché lo
leggevano sulla spalla del vicino. Un signore,

nel voltar pagina, alzò gli occhi un momento,
guardò fuori e si mise a gridare:

   – Fattorino, che succede? Tradimento,
tradimento!

Anche gli altri viaggiatori alzarono gli occhi dal giornale, e le proteste diventarono un coro tempestoso:

– Ma di qui si va a Civitavecchia!

– Che fa il conducente?

– È impazzito, legatelo!

– Che razza di servizio!

– Sono le nove meno dieci e alle nove in punto debbo essere in Tribunale, – gridò un avvocato, – se perdo il processo faccio causa all'azienda.

Il fattorino e il conducente tentavano di respingere l'assalto, dichiarando che non ne sapevano nulla, che il filobus non ubbidiva più ai comandi e faceva di testa sua. Difatti in quel momento il filobus uscí addirittura di strada e andò a fermarsi sulle soglie di un boschetto fresco e profumato.

– Uh, i ciclamini, – esclamò una signora, tutta giuliva.

– È proprio il momento di pensare ai ciclamini, – ribatté l'avvocato.

– Non importa, – dichiarò la signora, – arriverò tardi al ministero, avrò una lavata di capo, ma tanto è lo stesso, e giacché ci sono mi voglio cavare la voglia dei ciclamini. Saranno dieci anni che non ne colgo.

Scese dal filobus, respirando a bocca

spalancata l'aria di quello strano mattino, e si
mise a fare un mazzetto di ciclamini.

Visto che il filobus non voleva saperne di
ripartire, uno dopo l'altro i viaggiatori scesero a
sgranchirsi le gambe o a fumare una sigaretta
e intanto il loro malumore scompariva come la
nebbia al sole. Uno coglieva una margherita e
se la infilava all'occhiello, l'altro scopriva una
fragola acerba e gridava:

– L'ho trovata io. Ora ci metto il mio biglietto,
e quando è matura la vengo a cogliere, e guai se
non la trovo.

Difatti levò dal portafogli un biglietto da
visita, lo infilò in uno stecchino e piantò lo
stecchino accanto alla fragola. Sul biglietto c'era
scritto: – Dottor Giulio Bollati.

Due impiegati del ministero dell'Istruzione
appallottolarono i loro giornali e cominciarono
una partita di calcio. E ogni volta che davano un
calcio alla palla gridavano: – Al diavolo!

Insomma, non parevano piú gli stessi

impiegati che un momento prima volevano linciare i tranvieri. Questi, poi, si erano divisi una pagnottella col ripieno di frittata e facevano un picnic sull'erba.

– Attenzione! – gridò ad un tratto l'avvocato.

Il filobus, con uno scossone, stava ripartendo tutto solo, al piccolo trotto. Fecero appena in tempo a saltar su, e l'ultima fu la signora dei ciclamini che protestava: – Eh, ma allora non vale. Avevo appena cominciato a divertirmi.

– Che ora abbiamo fatto? – domandò qualcuno.

– Uh, chissà che tardi.

E tutti si guardarono il polso. Sorpresa: gli orologi segnavano ancora le nove meno dieci. Si vede che per tutto il tempo della piccola scampagnata le lancette non avevano camminato. Era stato tempo regalato, un piccolo extra, come quando si compra una scatola di sapone in polvere e dentro c'è un giocattolo.

– Ma non può essere! – si meravigliava la

signora dei ciclamini, mentre il filobus rientrava
nel suo percorso e si gettava giú per via
Dandolo.

Si meravigliavano tutti. E sí che avevano il
giornale sotto gli occhi, e in cima al giornale la
data era scritta ben chiara: 21 marzo. Il primo
giorno di primavera tutto è possibile.

21 MARZO

La prima rondine
venne iersera
a dirmi: – È prossima la Primavera!
Ridon le primule
nel prato, gialle,
e ho visto, credimi,
già tre farfalle.
Accarezzandola
cosí le ho detto:
– Sí, è tempo, rondine,
vola sul tetto!

Ma perché agli uomini
ritorni in viso
come nei teneri
prati il sorriso
un'altra rondine
deve tornare

dal lungo esilio,
di là dal mare.
La Pace, o rondine,
che voli a sera!
Essa è per gli uomini
la Primavera.

FILASTROCCA
MARZOLINA

Filastrocca di primavera,
come tarda a venire la sera.

L'hanno vista ferma in un prato
dove il verde è rispuntato,
un profumo di viole in fiore
l'ha trattenuta un paio d'ore,
ha perso tempo lungo la via

presso un cespuglio di gaggia,
due bimbi con un tamburo di latta
hanno incantato la sera distratta.
Adesso è tardi, lo so bene:
ma però la sera non viene.

PRIMAVERA

Conosco una città
dove la Primavera
arriva e se ne va
senza trovare un albero
da rinverdire,
un ramo da far fiorire
di rosa o di lillà.

Per quelle strade murate
come prigioni
la poveretta s'aggira
con le migliori intenzioni:

appende un po' di verde
ai fili del tram, ai lampioni,
sparge dei fiori
davanti ai portoni
(e dopo un momentino
se li prende il netturbino...)

Altro da fare
non le rimane,
per settimane e settimane,
per dirigere il traffico
delle rondini, in alto,
dove la gente
non le vede e non le sente.

Di verde in quella città
(dirvi il suo nome non posso)
ci sono soltanto i semafori
quando non segnano rosso.

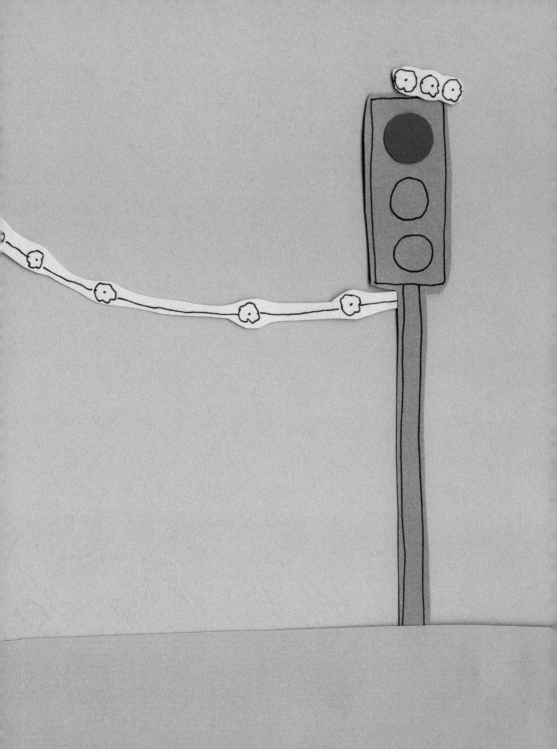

FILASTROCCA
DI PRIMAVERA

Filastrocca di primavera
piú lungo è il giorno, piú dolce la sera.

Domani forse tra l'erbetta
spunterà la prima violetta.

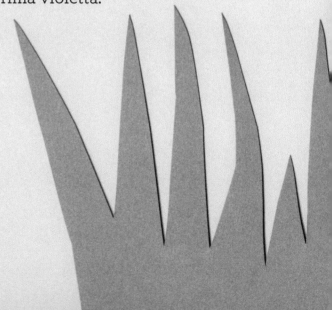

O prima viola fresca e nuova
beato il primo che ti trova,

il tuo profumo gli dirà,
la primavera è giunta, è qua.

Gli altri signori non lo sanno
e ancora in inverno si crederanno:

magari persone di riguardo,
ma il loro calendario va in ritardo.

IL PULCINO COSMICO

L'anno scorso a Pasqua, in casa del professor Tibolla, dall'uovo di cioccolata sapete cosa saltò fuori? Sorpresa: un pulcino cosmico, simile in tutto ai pulcini terrestri, ma con un berretto da capitano in testa e un'antenna della televisione sul berretto. Il professore, la signora Luisa e i bambini fecero tutti insieme: Oh, e dopo questo oh non trovarono piú parole.

Il pulcino si guardava intorno con aria malcontenta.

– Come siete indietro su questo pianeta, – osservò, – qui è appena Pasqua; da noi, su Marte Ottavo, è già mercoledí.

– Di questo mese? – domandò il professor Tibolla.

– Ci mancherebbe! Mercoledí del mese venturo. Ma con gli anni siamo avanti di venticinque.

Il pulcino cosmico fece quattro passi in su e in giú per sgranchirsi le gambe, e borbottava:

– Che seccatura! Che brutta seccatura.

– Cos'è che la preoccupa? – domandò la signora Luisa.

– Avete rotto l'uovo volante e io non potrò tornare su Marte Ottavo.

– Ma noi l'uovo l'abbiamo comprato in pasticceria.

– Voi non sapete niente. Questo uovo, in realtà, è una nave spaziale, travestita da uovo di Pasqua, e io sono il suo comandante, travestito da pulcino.

– E l'equipaggio?

– Sono io anche l'equipaggio. Ma ora sarò degradato. Mi faranno per lo meno colonnello.

– Be', colonnello è piú che capitano.

– Da voi, perché avete i gradi alla rovescia. Da noi il grado piú alto è cittadino semplice. Ma lasciamo perdere. La mia missione è fallita.

– Potremmo dirle che ci dispiace, ma non sappiamo di che missione si trattava.

– Ah, non lo so nemmeno io. Io dovevo soltanto aspettare in quella vetrina fin che il nostro agente segreto si fosse fatto vivo.

– Interessante, – disse il professore, – avete anche degli agenti segreti sulla Terra. E se andassimo a raccontarlo alla polizia?

– Ma sí, andate in giro a parlare di un pulcino cosmico, e vi farete ridere dietro.

– Giusto anche questo. Allora, giacché siamo tra noi, ci dica qualcosa di piú su quegli agenti segreti.

– Essi sono incaricati di individuare i

terrestri che sbarcheranno su Marte Ottavo tra venticinque anni.

– È piuttosto buffo. Noi, per adesso, non sappiamo nemmeno dove si trovi Marte Ottavo.

– Lei dimentica, caro professore, che lassú siamo avanti col tempo di venticinque anni. Per esempio sappiamo già che il capitano dell'astronave terrestre che giungerà su Marte Ottavo si chiamerà Gino.

– Toh, – disse il figlio maggiore del professor Tibolla, – proprio come me.

– Pura coincidenza, – sentenziò il cosmopulcino. – Si chiamerà Gino e avrà

trentatre anni. Dunque, in questo momento, sulla Terra, ha esattamente otto anni.

– Guarda guarda, – disse Gino, – proprio la mia età.

– Non mi interrompere continuamente, – esclamò con severità il comandante dell'uovo spaziale. – Come stavo spiegandovi, noi dobbiamo trovare questo Gino e gli altri membri dell'equipaggio futuro, per sorvegliarli, senza che se ne accorgano, e per educarli come si deve.

– Cosa, cosa? – fece il professore. – Forse noi non li educhiamo bene i nostri bambini?

– Mica tanto. Primo, non li abituate all'idea che dovranno viaggiare tra le stelle; secondo, non insegnate loro che sono cittadini dell'universo; terzo, non insegnate loro che la parola nemico, fuori della Terra, non esiste; quarto...

– Scusi comandante, – lo interruppe la signora Luisa, – come si chiama di cognome quel vostro Gino?

– Prego, *vostro*, non nostro. Si chiama Tibolla. Gino Tibolla.

– Ma sono *io*! – saltò su il figlio del professore. – Urrà!

– Urrà che cosa? – esclamò la signora Luisa. – Non crederai che tuo padre e io ti permetteremo...

Ma il pulcino cosmico era già volato in braccio a Gino.

– Urrà! Missione compiuta! Tra venticinque anni potrò tornare a casa anch'io.

– E l'uovo? – domandò con un sospiro la sorellina di Gino.

– Ma lo mangiamo subito, naturalmente.

E cosí fu fatto.

SOLE SOPRA
IL TEMPORALE

Un uccello d'argento è l'aeroplano,
vola piú su del vento,
piú su delle nuvole, dove
c'è il sole anche quando piove.

Ai suoi piedi il pilota vede i fulmini
come serpi guizzare
e le nubi come un mare in tempesta:
ma il cielo è azzurro e copre la sua testa.

Ride il pilota... come il babbo ride
quando piange il suo bimbo per capriccio,
e di lacrime fa un piccolo temporale
che presto passerà.

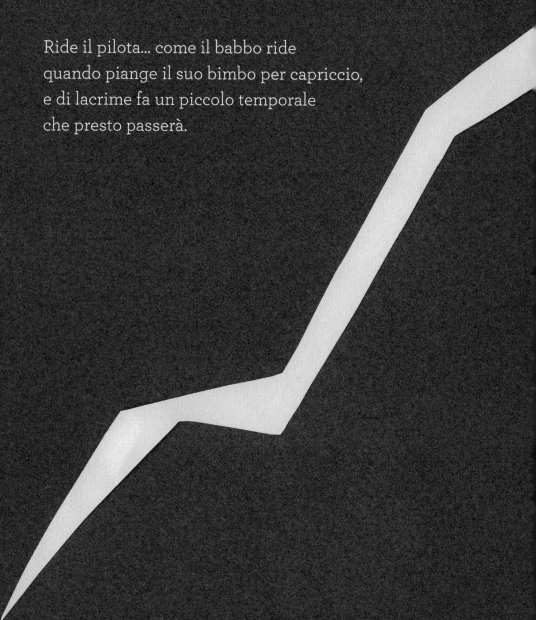

L'OMINO
DELLE NUVOLE

Le nuvole sono le tende del cielo.
Chissà dov'è l'omino che le tira...
Dev'essere un tipo distratto,
oppure un poco matto.
A volte si dimentica
di fare il suo dovere:
allora sono guai,
perché non piove mai.

Quando chiude le tende troppo in fretta,
eccoti un temporale
tra un tuono e una saetta.
Ma lui non si spaventa,
e in mezzo all'uragano si addormenta:

allora piove, piove, piove,
la gente non ricorda
piú la faccia del sole!

L'omino delle nuvole è un impiegato
poco disciplinato:
lavora quando vuole, senza orario,
e poi magari pretende
che gli paghino lo straordinario
anche se non sta attento alle sue tende!...

DOPO
LA PIOGGIA

Dopo la pioggia viene il sereno,
brilla in cielo l'arcobaleno:

è come un ponte imbandierato
e il sole vi passa, festeggiato.

È bello guardare a naso in su
le sue bandiere rosse e blu.

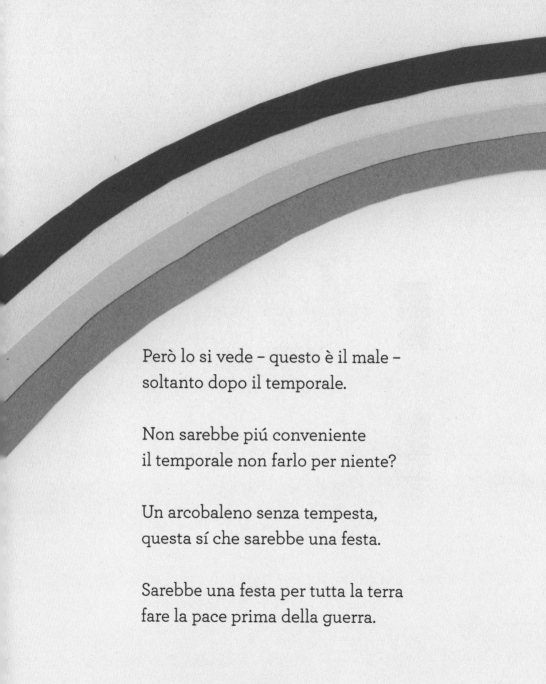

Però lo si vede – questo è il male –
soltanto dopo il temporale.

Non sarebbe piú conveniente
il temporale non farlo per niente?

Un arcobaleno senza tempesta,
questa sí che sarebbe una festa.

Sarebbe una festa per tutta la terra
fare la pace prima della guerra.

IL FULMINE

Una volta il padrone dei fulmini era il dio Giove. Era un dio vecchio e nervoso. A chi gli faceva un dispetto scagliava subito un fulmine per incenerirlo: cosí almeno raccontavano a quei tempi, molto tempo fa. Il dio Giove andava sempre in giro per le nuvole con un mazzo di fulmini in mano, cosí come io e voi andremmo in giro con in mano un mazzolino di fiori.

Una volta dimenticò il mazzo su una nuvola, e
quella si mise a correre cosí forte che quando
Giove si ricordò dei fulmini, e tornò indietro
a cercarli, non li trovo piú. La nuvola ne diede
un po' a tutte le sue compagne, e si vede che
il mazzo era molto grosso, perché ci sono
ancora molti fulmini in circolazione. Quando
ci sono i temporali, le nuvole diventano
allegre e si mettono a giocare ai birilli con
i campanili, con le torri, con le cime delle
piante; invece delle solite palle, le nuvole
tirano i fulmini.

Gli uomini però sono furbi, e hanno messo dappertutto dei parafulmini, che attirano i fulmini come calamite. Le nuvole si arrabbiano perché non riescono mai a buttar giú il loro bersaglio, e brontolano.

Questo brontolio è il tuono.

– Diventiamo vecchie! – si lamentano le nuvole. – Non ci vediamo piú cosí bene come una volta!

Perché non comprano gli occhiali? Vi piacerebbe vedere delle nuvole con gli occhiali?

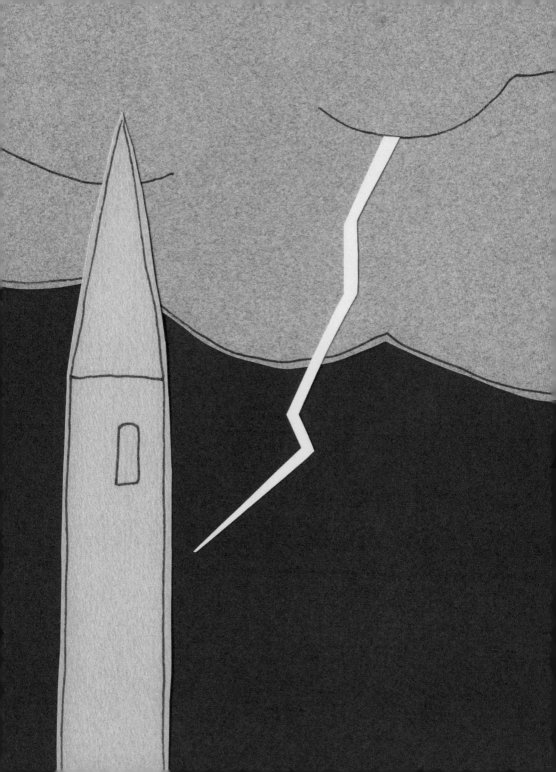

LE STAGIONI

Primavera è una giovinetta
con in bocca la prima violetta.
Poi vien l'estate, nel giro eterno...
ma per i poveri è sempre inverno.

Vien l'autunno dalla montagna
ed ha odore di castagna.
Vien l'inverno dai ghiacciai
e nel suo sacco non ha che guai.

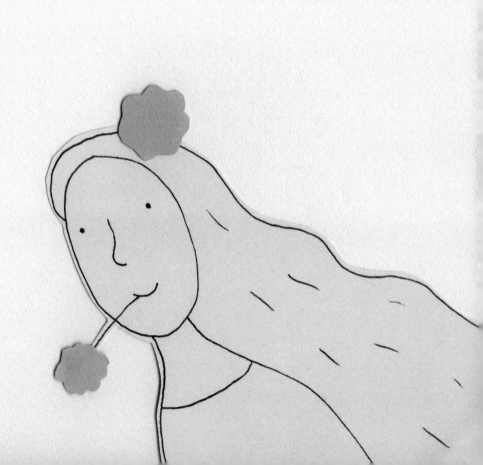

IL MESE
DI GIUGNO

Filastrocca del mese di giugno,
il contadino ha la falce in pugno:
mentre falcia l'erba e il grano
un temporale spia lontano.

Gli scolaretti sui banchi di scuola
hanno perso la parola:
apre il maestro le pagelle
e scrive i voti nelle caselle...

«Signor maestro, per cortesia,
non scriva quel quattro sulla mia.
Quel cinque, poi, non ce lo metta
sennò ci perdo la bicicletta:
se non mi boccia, glielo prometto,
le lascio fare qualche giretto».

VIVA IL 1° GIUGNO FESTA DI TUTTI I BAMBINI!

Poter vedere i bambini italiani
quelli dei poli, gli americani,
i fanciulli di tutto il mondo
fare insieme un gran girotondo!

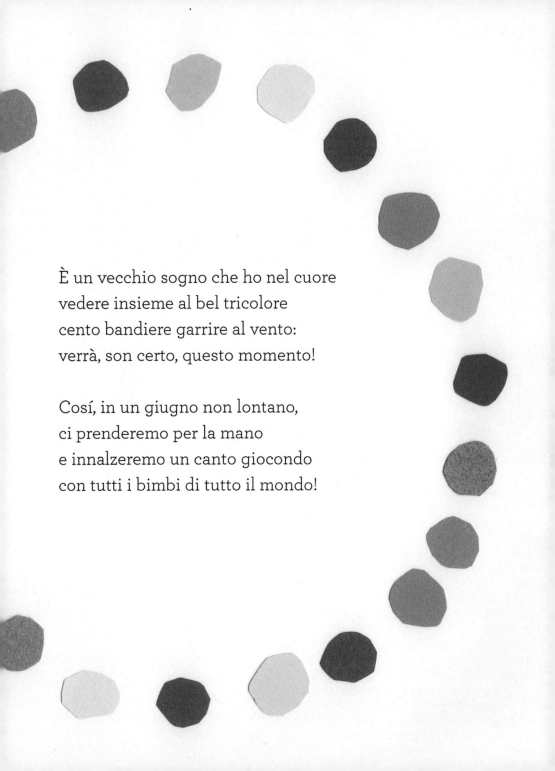

È un vecchio sogno che ho nel cuore
vedere insieme al bel tricolore
cento bandiere garrire al vento:
verrà, son certo, questo momento!

Cosí, in un giugno non lontano,
ci prenderemo per la mano
e innalzeremo un canto giocondo
con tutti i bimbi di tutto il mondo!

ESTATE

UN REGALO
PER LE VACANZE

Mario ebbe in dono, alla fine dell'anno scolastico, una penna per fare i compiti delle vacanze.

- Io volevo la bicicletta, - si lamentava Mario con il babbo.

- Aspetta a piagnucolare, - gli rispondeva il babbo. - Non hai ancora visto di che penna si tratta.

Qualche settimana dopo, Mario si decise, di malavoglia, a cominciare i compiti per le vacanze.

«Che disdetta, – pensava, risolvendo un problema,
– per tutto l'anno il maestro mi ha dato per
compito temi, problemi, operazioni e disegni. Per
le vacanze avrebbe ben potuto darmi degli altri
compiti. Per esempio: compito del lunedí, scalare
una pianta di ciliege e fare una bella scorpacciata;
compito del martedí, giocare una partita di calcio
fin che si cade a terra stanchi morti; compito del
mercoledí, fare una bella passeggiata nei boschi e
dormire sotto la tenda. Invece no, eccomi ancora
qui a fare divisioni e sottrazioni».

Proprio in quel momento la penna ebbe un
guizzo, e si mise a correre rapidamente sui
quadretti della prima pagina del quaderno. – Che
cosa ti salta in testa, – esclamò Mario. Era una
cosa meravigliosa: la penna correva, correva
da sola, e in un attimo il problema fu risolto,
le risposte furono scritte in bella calligrafia.
Soltanto allora la penna si quietò e si sdraiò sul
tavolino, come se fosse stanca e avesse voglia di
dormire.

– Questa è bella, – disse Mario. – Ecco una penna che fa i compiti da sola!

Il giorno dopo, Mario doveva svolgere un tema. Si mise a tavolino, impugnò la penna, si grattò la testa per cercare qualche idea, ed ecco che di nuovo la penna partí in quarta velocità, e in un momento arrivò in fondo al foglio.

Mario non aveva nessun'altra fatica da fare
che di voltare il foglio; poi la penna ripigliava
la sua corsa. Camminava da sola, senza che
Mario dovesse tenerla fra le dita, e scriveva
piú in fretta di una macchina. Da quel giorno,
Mario, quando doveva fare il compito, apriva il
quaderno, posava la penna sulla carta e stava
a guardare: la penna faceva tutto per conto
suo, piú brava del primo della classe. Mario si
divertiva un poco a starla a vedere, poi sentiva i
suoi amici che lo chiamavano, sotto la finestra.
– Vengo subito, – rispondeva. E rivolgendosi
affettuosamente alla penna, le sussurrava:
– Finisci tu il compito, intanto che io vado a fare
il bagno nel fiume.
La penna non se lo faceva dire due volte.
Quando arrivava in fondo al foglio, e il compito
era finito, saltava da sola nell'astuccio e si
metteva a dormire. Una bella fortuna, per Mario,
dovete ammetterlo.
Alla fine delle vacanze, il quaderno dei compiti

era zeppo, pulito e ordinato come nessun
quaderno di Mario era mai stato. Mario lucidò
ben bene la sua penna, che se lo era meritato, e
la ringraziò del suo ottimo servigio.

FILASTROCCA
DEL MARE

A è l'*ancora* che tiene
prigioniera la nave
con le ferree catene;

B è un grande *bastimento*
che disegna nel turchino
una strada d'argento;

C è certo il *comandante*
che studia la sua rotta
sulle pagine dell'atlante;

D è il *diario* di bordo
che di mille viaggi
serba i nomi e il ricordo!

E è l'*elica* profonda
che vorticosa gira
e doma, e vince l'onda;

F è il *fumaiolo*
che in cielo traccia un nero
capriccioso sentiero;

G è il candido *gabbiano*,
bianca vela dell'aria,
fratello dell'albatros
e della procellaria;

I è l'*Italia* con i suoi mari,
coi suoi golfi turchini
e le spiagge dove raccogli
conchiglie e sassolini;

L è un vento di *libeccio*,
un vento di capricci
che ti ruba il cappello
e ti scompiglia i ricci;

M è il *marinaio*,
ha fatto il giro del mondo
il suo sguardo acuto e gaio;

N è il vecchio *nostromo*
che tace e pensa e fuma
la sua pipa di schiuma;

O è l'*oceano* immenso,
pastore di cavalloni,
che spinge senza fine
le sue greggi azzurrine;

P è il *porto* operoso,
dove la nave dorme
il suo breve riposo;

Q è il tuo *quarto* di guardia,
o sentinella, all'erta,
tu sola vegli adesso
sopra e sotto coperta;

R è la *radio* di bordo;
ascoltano i suoi appelli
e corrono al salvataggio
transatlantici e battelli;

S è il *salvagente*
che galleggia sull'onda
quando la nave affonda;

T è il *timone* che tiene
un vecchio lupo di mare,
e la nave mantiene
sulle invisibili strade;

U è l'urlo dell'*uragano*
che fa tremare ogni cuore,
non quello del capitano;

V è la *vela* colorata
del povero pescatore,
del feroce pirata;

Z è la *zattera* avventurosa
che per vela ha un lenzuolo.
Non ha timone né fumaiolo
e va sull'onda furiosa,
spinta dalla tempesta,
o immobile nella bonaccia.
Il mare, lui, minaccia
al naufrago la morte;
ma all'uomo basta una zattera
per essere il piú forte.

ALICE CASCA
IN MARE

Una volta Alice Cascherina andò al mare, se ne innamorò e non voleva mai uscire dall'acqua.

– Alice, esci dall'acqua, – la chiamava la mamma.

– Subito, eccomi, – rispondeva Alice. Invece pensava: – Starò in acqua fin che mi cresceranno le pinne e diventerò un pesce.

Di sera, prima di andare a letto, si guardava le spalle nello specchio, per vedere se le crescevano le pinne, o almeno qualche squama d'argento. Ma scopriva soltanto dei granelli di sabbia, se non si era fatta bene la doccia.

Una mattina scese sulla spiaggia piú presto del solito e incontrò un ragazzo che raccoglieva ricci e telline. Era figlio di pescatori, e sulle cose di mare la sapeva lunga.

– Tu sai come si fa a diventare un pesce? – gli domandò Alice.

– Ti faccio vedere subito, – rispose il ragazzo.

Posò su uno scoglio il fazzoletto con i ricci e le telline e si tuffò in mare. Passa un minuto, ne passano due, il ragazzo non tornava a galla. Ma poi ecco al suo posto comparire un delfino che faceva le capriole tra le onde e lanciava allegri zampilli nell'aria. Il delfino venne a giocare tra i piedi di Alice, ed essa non ne aveva la minima paura.

Dopo un po' il delfino, con un elegante colpo di coda, prese il largo. Al suo posto riemerse il ragazzo delle telline e sorrise:

– Hai visto com'è facile?

– Ho visto, ma non sono sicura di saperlo fare.

– Provati.

Alice si tuffò, desiderando ardentemente di diventare una stella marina, invece cadde in una conchiglia che stava sbadigliando, ma subito richiuse le valve, imprigionando Alice e tutti i suoi sogni.

«Eccomi di nuovo nei guai», pensò la bimba.

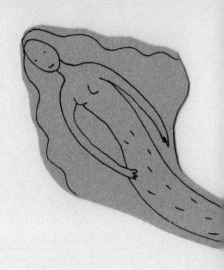

Ma che silenzio, che fresca pace, laggiú e là
dentro. Sarebbe stato bello restarci per sempre,
vivere sul fondo del mare come le sirene d'una
volta. Alice sospirò. Le venne in mente la
mamma, che la credeva ancora a letto; le venne
in mente il babbo, che proprio quella sera
doveva arrivare dalla città, perché era sabato.

– Non posso lasciarli soli, mi vogliono troppo bene. Tornerò a terra, per questa volta.

Puntando i piedi e le mani riuscí ad aprire la conchiglia abbastanza per saltarne fuori e risalire a galla. Il ragazzo delle telline era già lontano. Alice non raccontò mai a nessuno quello che le era capitato.

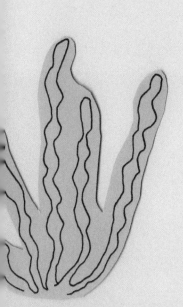

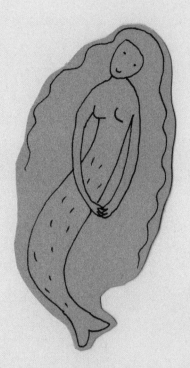

UN BAMBINO
AL MARE

Conosco un bambino cosí povero
che non ha mai veduto il mare:

a Ferragosto lo vado a prendere,
in treno a Ostia lo voglio portare.

– Ecco, guarda, – gli dirò,
– questo è il mare, pigliane un po'!

Col suo secchiello, fra tanta gente,
potrà rubarne poco o niente:

ma con gli occhi che sbarrerà
il mare intero si prenderà.

IL SOLE NERO

La mia bambina
ha disegnato
un sole nero nero, di carbone,
appena circondato
di qualche raggio arancione.
Ho mostrato il disegno a un dottore.
Ha scosso la testa. Ha detto:
– La poverina, sospetto,
è tormentata da un triste pensiero,
che le fa vedere tutto nero.
Nel caso migliore
ha un difetto di vista:
la porti da un oculista.

Cosí il medico disse,
io morivo di paura.
Ma poi guardando meglio in fondo al foglio
vidi che c'era scritto, in piccolo: «L'eclisse».

LA CASA
DI GELATO

Stamattina ho inventato
una casa di gelato,
con il tetto di fragola,
le finestre di lampone
e le porte di cioccolato.

Una nuvola di panna
e di limone
usciva dal camino:
se l'è beccata tutta un uccellino.

FERRAGOSTO

Quest'anno a Ferragosto
voglio girare il mondo
sopra un cavallo a dondolo,
dondolare, ciondolare
su un bel cavallo a ciondolo,
bighellonare cosí
lasciandomi sorpassare
anche dalle lumache.
Ho tanti giorni per correre:
voglio un giorno per pensare.

Un giorno tutto intero
per pensare un bel pensiero.
Col mio cavallo di cartapesta
farò un viaggio intorno alla mia testa.

PERCHÉ
IL FERRAGOSTO
HA QUESTO NOME?

Gli antichi romani, il primo d'agosto, celebravano grandi feste in onore di Augusto, e le chiamavano «feriae Augusti», «ferie d'agosto». Questa vecchia festa pagana, cambiando data, ha conservato il suo nome. Adesso ti dirò i miei progetti per Ferragosto:

A Ferragosto
tutti vanno al mare;
io resto in città
a godermi un poco
di tranquillità.

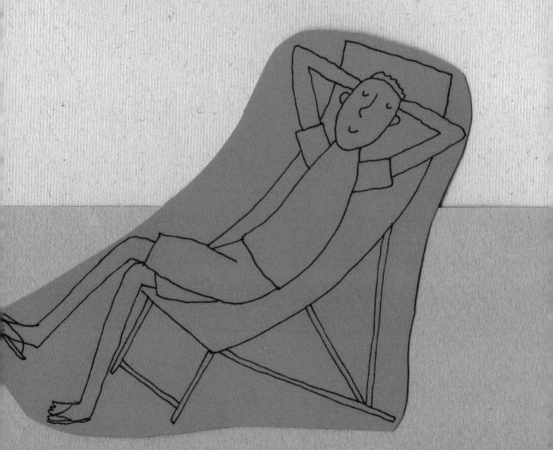

PERCHÉ IN AFRICA FA SEMPRE CALDO?

I raggi del sole vi arrivano piú diritti che da noi.
Ai poli, poi, arrivano tanto inclinati che non
riescono nemmeno a sciogliere i ghiacci. Allora,
hai voglia ad accendere stufe!

Dica ognuno quel che vuole:
la meglio stufa è sempre il sole.

PERCHÉ L'ESTATE FINISCE?

Perché la Terra gira attorno al sole non diritta sui suoi poli come una trottola, ma un po' inclinata: per effetto di questa inclinazione, vi è un periodo dell'anno in cui la parte della Terra su cui ci troviamo noi è la piú esposta ai raggi solari, il giorno vi dura piú della notte, fa caldo; poi, pian piano, giorno per giorno, le posizioni si invertono: veniamo a trovarci sulla parte meno esposta, dove il giorno è piú breve della notte, e i raggi solari cadono di striscio: fa freddo. E vuoi saperne una? Siamo piú vicini al sole d'inverno che d'estate!

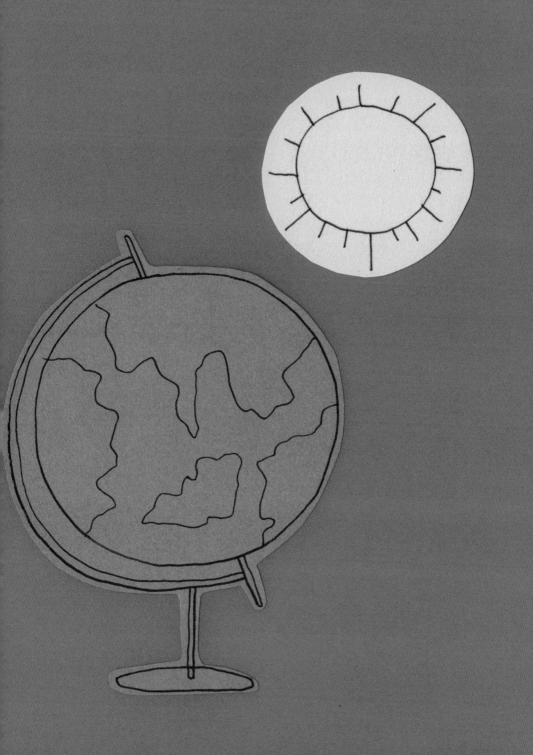

Filastrocca di mezza estate.
Fuggono presto le giornate,
la sera arriva sempre piú presto,
con le sue luci che cullano il sonno
dondolando al vento piú fresco.
Il piú bel gioco non puoi finire:
è subito l'ora di andare a dormire.

AUTUNNO

PROBLEMA AUTUNNALE

Quando settembre annuncia il calendario
il sole indugia un po' piú tardi a letto:
anche tu cambi orario...
ma ti levi piú presto, o scolaretto!

A sera il sole si corica presto,
e si vanno accorciando le giornate;
ma tu allunghi le tue, rimani desto
sempre piú tardi a ripassare le date,
e con ragion protesti: – Non vi pare
che il calendario è tutto da rifare?

IL PRIMO GIORNO
DI SCUOLA

Suona suona la campanella,
scopa scopa la bidella,
viene il bidello ad aprire il portone,
viene il maestro dalla stazione,
viene la mamma, o scolaretto,
a tirarti giú dal letto...
Viene il sole nella stanza:
su, è finita la vacanza.

Metti la penna nell'astuccio,
l'assorbente nel quadernuccio,
fa' la punta alla matita
e corri a scrivere la tua vita.
Scrivi bene, senza fretta
ogni giorno una paginetta.
Scrivi parole diritte e chiare:
«Amare, lottare, lavorare».

IL TURNO

Il mattino fa ogni giorno
il giro del mondo
a destare le nazioni,
gli uccelli, i boschi, i mari,
i maestri e gli scolari.

Da Oriente a Occidente
il sole apre le scuole,
i gessetti cantano
sulle lavagne nere le parole
piú bianche di tutte le lingue.

Si fa un po' per uno a studiare:
quando a Pechino
i ragazzi vanno a giocare
entrano in classe quelli di Berlino,
e quando vanno a letto ad Alma Atà
suona la sveglia a Lima e a Bogotà.
Si fa il turno: cosí non va perduto
nemmeno un minuto.

LA VENDEMMIA

Alla vendemmia la brigata è bella:
chiamate anche Pulcinella.

Ha sempre tanta fame che un filare
gli basterà sí e no per cominciare:
– Un grappolo a me
un grappolo a te!
O cesto, dico a te!
Vedete? Non risponde non ne vuole.
Il cesto non sa che l'uva è sole,
mangiare sole è un dolce mangiare.

Un raggio a me,
un raggio ancora a me,
un terzo che fanno tre.
Il sole ne ha tanti
che neppure li conta:
piú ne regala piú è ricco,
c'è un raggio prigioniero
in ogni chicco nero.

Alla vendemmia bella è la canzone:
ma non chiamate Pantalone...
Sul tralcio il vecchio avaro
non lascerebbe un acino,
uno solo,
per il passero,
per l'usignolo
che canta gratis.

Pantalone sui grappoli
metterebbe dei cartelli:
«Vietato l'ingresso agli uccelli».

Alla vendemmia il sole diventa vino
chiamate Arlecchino
e dategli da bere
un po' di sole in un bicchiere.

LA NEBBIA

Oggi la nebbia vuole
farmi scordare il sole,

mi soffia attorno neri,
disperati pensieri

a ogni foglia che cada
piangendo sulla strada.

Ma il sole è sempre là,
un giorno vincerà.

Con la spada d'un raggio
ci ridarà coraggio.

IL PIANETA NUVOLOSO

Giovannino Perdigiorno,
con tempo piovoso,
sbarcò da un'astronave
sul pianeta nuvoloso.

Su quel mondo tutto grigio
non ci sono che nuvole:
sono nuvole i monti,
sono nuvole gli alberi.

Ci sono città di nuvole
e uomini-nuvoloni,
che fanno la faccia scura
e mandano lampi e tuoni.

Corrono per le strade
nuvolette nere che mai:
sono nuvole-automobili
e nuvole-tramvai.

Ci sono nuvole-gatti
sui tetti di nuvolaglia
e cacciano topi-nuvole
schizzando tra la fanghiglia.

Giovannino non resiste
a tanta nuvolosità
e fugge in cerca di sole
tre Galassie piú in là.

GLI UOMINI
A VENTO

Giovannino Perdigiorno,
viaggiando in bastimento,
capitò nel paese
degli uomini a vento.

La gente, a prima vista,
pareva tanto normale:
chi col cappello, chi senza,
e niente di speciale.

Ad un tratto però
il vento si levò:
quel che vide Giovannino
adesso vi dirò.

Vide la gente voltarsi
come per un comando
e correre con il vento
correre, fino a quando

il vento cambiò verso,
soffiò in altra direzione
e con lui si voltarono
migliaia di persone.

Soltanto Giovannino
controvento camminava:
ma si accorse che un passante
con sospetto lo guardava.

«Presto, – pensò tra sé,
– fuggi col vento in poppa:
di gente fatta cosí
ne ho già veduta anche troppa...»

STAGIONI

I.
Vien l'autunno dalla montagna
ed ha odor di castagna.
Vien l'inverno dai ghiacciai
e nel suo sacco non ha che guai.

II.
C'è ancora una lucertola sul muro,
c'è ancora un geranio sul balcone.
C'è ancora, ancora un po' di primavera:
ne resta sempre un poco tutt'inverno
e a chi la sa trovare
tanta gioia può dare.

PERCHÉ ABBIAMO IL GIORNO E LA NOTTE?

Questi furbi ragazzi, fingono di non sapere che la Terra gira intorno al sole, mostrandogli una faccia dopo l'altra; fingono di non sapere che la loro scuola, insieme a tutto il resto del globo, un po' guarda il sole e un po' gli volta le spalle. Ma noi abbiamo già capito che vogliono una canzonetta.

Il mattino fa ogni giorno
il giro del mondo
a destare le nazioni,
gli uccelli, i pesci, i mari,
i maestri e gli scolari.
Da oriente ad occidente
i bidelli spalancano i portoni,
i gessetti cominciano a cantare
sulle lavagne nere
in tutte le lingue.
Si fa un po' per uno a studiare,
e quando a Pechino
i ragazzi vanno a giocare
entrano in classe quelli di Berlino;
e quando vanno a letto ad Alma Atà
il problema si svolge a Bogota.
Cosí a turno si dorme e si lavora
perché non vada perduto
nemmeno un minuto.

PERCHÉ L'OROLOGIO PORTA SOLO 12 ORE E NON 24?

L'ho chiesto a un vecchio orologiaio; mi ha detto: primo, perché il quadrante sarebbe troppo complicato e difficile da leggere, secondo, perché nessuno può confondere le ore del giorno con quelle della notte, le due del mattino con quelle del pomeriggio.

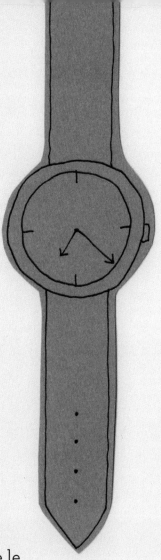

Ci pensano il sole e le stelle a dare le informazioni che l'orologio non porta. E ci pensa lo stomaco a far distinguere il mezzogiorno da tutte le altre ore.

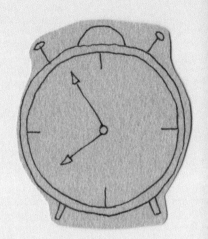

O vecchio orologiaio
che ascolti come un dottore
il *tic-tac* dei vecchi orologi
un po' deboli di cuore,
che ti dice, segretamente,
l'orologio del tuo cliente?
– Mi racconta la storia
delle ore che ha segnato,
del minuto felice,
del tempo sciupato:

non ha segnato mai
un giorno senza guai.
Ci dev'essere un guasto,
io lo riparerò
e nella molla nuova
ore nuove ci metterò,
le piú belle del mondo
dal primo
fino all'ultimo secondo.

NON PER TUTTI
È DOMENICA

Filastrocca della domenica,
un po' allegra, un po' malinconica,
malinconica vuol dire mesta:
non per tutti domenica è festa.

Non è festa per il tranviere,
il vigile urbano, il ferroviere,
non è domenica per il fornaio,
per il garzone del lattaio.

Ma tutti i giorni sono neri
per chi ha tristi pensieri;
per chi ha fame, è proprio cosí:
ogni giorno è lunedí.

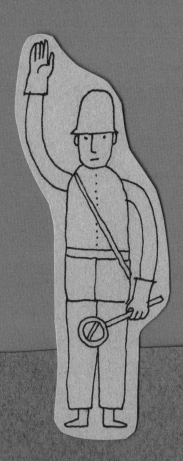

INVERNO

L'ALBERO MAGICO

Non cercarlo nel libro
di scienza naturale:
l'albero di Natale
è l'albero della magia.
Vi crescono in compagnia
arance, mandarini,
caramelle, cioccolatini,
torroni, lumini...
Ma i frutti piú buoni
sono i frutti a sorpresa

che maturano a mezzanotte
nei loro pacchetti,
mentre tu aspetti a letto,
fingendo di dormire,
che ti vengano a chiamare
per farteli scoprire.

LA PREGHIERA DI UN PASSERO CHE VUOL FARE IL NIDO SULL'ALBERO DI NATALE

Apritemi, per favore,
la finestra del salotto:
sono un povero passerotto
che ha freddo fino al cuore...

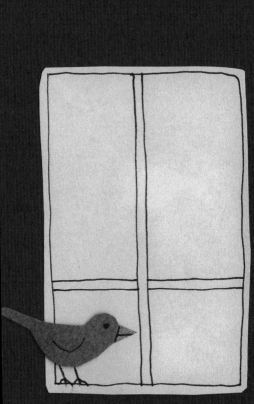

Vi ho visti che piantavate
in un angolo del tinello
quel meraviglioso alberello
dalle foglie incantate:

ogni ramo si curva al peso
di un frutto sconosciuto,
e su ogni ramo ho veduto
una stella col lume acceso.

Vi spiavo dal davanzale,
piuma a piuma intirizzito:
ma adesso l'avete finito,
l'albero di Natale.

Adesso tutto è a posto:
fatemi dunque entrare,
il mio nido potrei fare
sul ramo piú nascosto.

Non vi darei tanta noia,
sono un passero perbenino.
E per il vostro bambino
pensate domani che gioia

trovare tra i doni, dietro
una mezzaluna di latta,
fra la neve d'ovatta
e la rugiada di vetro,

trovare un passero vero,
con un cuore vero nel petto,
che guarda dal suo nidietto
con il vivo occhio nero,

una viva creatura
che vuol essere scaldata,
che ha bisogno d'essere amata,
che ha freddo, fame, paura...

I bambini sono tutti buoni,
e andremo d'accordo, perché
chiedo cosí poco per me
di tutti i loro doni:

un cantuccio di torrone
per appuntirci il becco,
il biscotto piú secco,
la crosta del panettone...

Che tenero frullo d'ale
in cambio vi posso dare!
Lasciatemi volare
sull'albero di Natale.

L'OSPITE

Sul ramo piú alto,
vicino alla stella,
c'è un passero vero
che cinguetta e saltella.
Ha visto dal davanzale
quest'albero fatato:
la finestra era aperta,
con un frullo è volato
sul ramo piú alto,
proprio accanto alla stella,

il passero vivo
che cinguetta e saltella.
Fuori fa tanto freddo,
non lo cacciate via:
è l'ospite di Natale,
vi metterà allegria.
Di tutta la vostra festa
una briciola gli basterà,
sulla tovaglia rossa
un poco passeggerà,
poi tornerà sul ramo,
vicino alla sua stella,
il passero vero
che cinguetta e saltella.

I NIDI

Chi abita sull'abete
tra i doni e le comete?
C'è un Babbo Natale
alto quanto un ditale.
Ci sono i sette nani,
gli indiani,
i marziani.
Ci ha fatto il suo nido
perfino Mignolino.
C'è posto per tutti,

per tutti c'è un lumino
e tanta pace per chi la vuole,
per chi sa che la pace
scalda anche piú del sole.

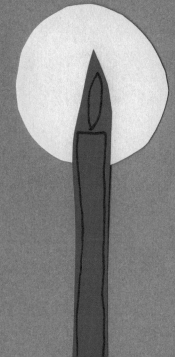

ALLARME
NEL PRESEPIO

Una volta, mancava poco a Natale, un bambino
fece il suo presepio. Preparò le montagne di
cartapesta, il cielo di carta da zucchero, il laghetto
di vetro, la capanna con sopra la stella. Dispose .

con fantasia le statuine, levandole una per una dalla scatola in cui le aveva riposte l'anno prima. E dopo che le ebbe collocate qua e là, al loro posto – i pastori e le pecore sul muschio, i re Magi sulla montagna, la vecchina delle caldarroste presso il sentiero – gli sembrò che fossero poche. Restavano troppi spazi vuoti. Che fare? Era

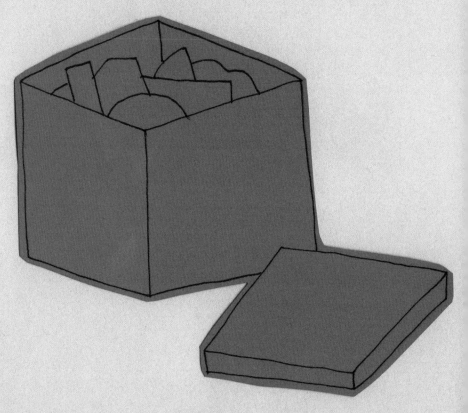

troppo tardi per uscire a comprare altre statuine,
e del resto lui di soldi non ne aveva tanti...

Mentre si guardava intorno, in cerca di
un'idea, gli capitò sotto gli occhi un altro
scatolone, quello in cui aveva messo a riposo, in
pensione, certi vecchi giocattoli: per esempio,
un pellerossa di plastica, ultimo superstite
di un'intera tribú che marciava all'assalto di
Fort Apache... un piccolo aeroplano senza
timone, con l'aviatore seduto nella carlinga...
una bamboletta un po' «hippy», con la
chitarra a tracolla: gli era capitata in casa per
combinazione, dentro la scatola del detersivo
per la lavatrice. Lui, naturalmente, non ci aveva
giocato mai, i maschi non giocano con le
bambole. Però, a guardarla, era proprio carina.

Il bambino la posò sul sentiero del presepe,
accanto alla vecchietta delle caldarroste. Prese
anche il pellerossa, con l'ascia di guerra in
mano, e lo collocò in fondo al gregge, presso la
coda dell'ultima pecora. Infine appese con un

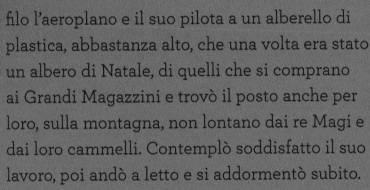

filo l'aeroplano e il suo pilota a un alberello di
plastica, abbastanza alto, che una volta era stato
un albero di Natale, di quelli che si comprano
ai Grandi Magazzini e trovò il posto anche per
loro, sulla montagna, non lontano dai re Magi e
dai loro cammelli. Contemplò soddisfatto il suo
lavoro, poi andò a letto e si addormentò subito.

Allora si svegliarono le statuine del presepio.
Il primo ad aprire gli occhi fu uno dei pastori.
Egli notò subito che c'era qualcosa di nuovo e

di diverso nel presepio. Una novità che non gli piaceva troppo. Anzi, non gli piaceva per niente.

– Ehi, ma chi è quel tipaccio che segue il mio gregge con in mano un'accetta? Chi sei? Che cosa vuoi? Vattene in fretta, prima che ti faccia azzannare dai miei cani.

– *Augh,* – fece per tutta risposta il pellerossa.

– Come hai detto? Senti, parla chiaro, sai? Meglio ancora, non parlare per niente e porta il tuo muso rosso da un'altra parte.

– Io restare, – fece il pellerossa, – *augh!*

– E quella scure? Che ci fai, di' un po'? Ci accarezzi i miei agnelli?

– Scure stare per tagliare legna. Notte fredda, io volere fare fuoco.

In quel momento si svegliò anche la vecchina delle caldarroste e vide la ragazzetta con la chitarra a tracolla.

– Dico, quella ragazza, che specie di cornamusa è la vostra?

– Non è una cornamusa, è una chitarra.

– Non sono cieca, lo vedo bene che è una chitarra. Non lo sai che qui sono permesse solo le zampogne e i pifferi?

– Ma la mia chitarra ha un bellissimo suono. Sentite...

– Per carità, smettila. Sei matta? Ma senti che roba. Ah, la gioventú d'oggigiorno. Dammi retta, fila via prima che ti tiri in faccia le mie castagne. E guarda che scottano, perché sono quasi arrostite.

– Sono buone le castagne, – disse la ragazza.

– Fai anche la spiritosa? Ti vuoi prendere le mie castagne? Ma allora sei pure una ladra, oltre che una svergognata. Ora ti faccio vedere io... Al ladro! Anzi, alla ladra!

Ma il grido della vecchietta non fu udito.

L'aviatore, infatti, aveva scelto proprio quel momento per svegliarsi e accendere il motore. Fece un paio di giri sul presepio, salutando tutti con la mano, e atterrò vicino al pellerossa. I pastori lo circondarono minacciosi:

al ladro!

– Cosa vuoi fare, spaventarci le pecore?

– Distruggere il presepio con le tue bombe?

– Ma io non porto bombe, – rispose l'aviatore, – questo è un apparecchio da turismo. Volete fare un giretto?

– Fallo tu, il giretto: gira bene al largo e non farti piú vedere da queste parti.

– Sí, sí, – strillò la vecchina, – e mandate via anche questa ragazzaccia, che mi vuol rubare le mie castagne...

– Nonnina, – fece la ragazza, – non dite bugie. Le vostre castagne, se me le volete vendere, ve le pago.

– Mandatela via, lei e la sua maledetta chitarra!

– E anche tu, muso rosso, – riprese il pastore di prima, – torna alle tue praterie: non vogliamo predoni, tra noi.

– Né predoni né chitarre, – aggiunse la vecchina.

– Chitarra stare strumento molto bello, – disse il pellerossa.

– Ecco, l'avete sentito? Sono d'accordo!

– Nonnetta, – fece l'aviatore, – ma perché strillate a quella maniera? Dite piuttosto alla signorina di farci sentire qualcosa. La musica mette pace.

– Facciamola corta, –
disse il capo dei pastori,
– o ve ne andate tutti e tre
con le buone, o sentirete
un'altra musica.

– Io stare qui. Ho detto.

– Anch'io stare qui, –
fece la ragazza, – come il
mio amico Toro Seduto. E
anch'io ho detto.

– Io poi, – fece l'aviatore,
– sono arrivato da
lontano, figuriamoci se
me ne voglio andare.
Su, ragazzina, attacca,
vediamo se la tua
chitarra rabbonisce la
compagnia...

La ragazza non se lo
fece ripetere e cominciò a
pizzicare le corde...

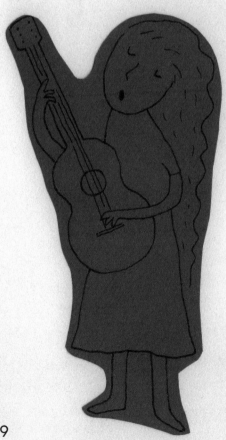

PRIMO FINALE

Al primo accordo della chitarra, i pastori alzarono i bastoni e fischiarono ai cani.

– Via di qua! Via subito!

– Acchiappa, Fido! Addenta, Lupo!

– Sotto, ragazzi: rimandiamoli al loro paese.

– Anzi, mandiamoli a quel paese...

Il pellerossa, senza arretrare di un passo, agitò la sua scure di guerra.

– Io stare pronto, – disse, – *augh!*

Ma l'aviatore la pensava in altro modo.

– Su, – disse, – non è il caso di fare un macello. Salta nell'apparecchio, ragazza. E anche tu, Toro Seduto, vieni via. Il motore è acceso. Ci siete tutti? Si parte!

Con un rombo il piccolo apparecchio si staccò dal presepio e cominciò a svolazzare intorno per la camera.

– Dove andiamo? – domandò la ragazza, stringendosi al petto la chitarra per paura che il vento del volo gliela portasse via.

– Conosco un magnifico scatolone dove si stava tanto tranquilli.

– Anch'io lo conosco.

– Anche io sapere. *Augh!*

– Allora, *augh!* Allo scatolone! Eccolo laggiú, è ancora aperto, meno male. Festeggeremo per conto nostro, lontano da quegli ignoranti.

– *Augh!* – fece ancora il pellerossa. Ma non pareva del tutto soddisfatto.

SECONDO FINALE

Al primo accordo della chitarra i pastori
agitarono minacciosamente i loro bastoni.

– Va bene, va bene, – sospirò allora la ragazza,
– la chitarra non vi piace. Ecco la faccio a pezzi.
Però, per favore, richiamate i cani prima che mi
strappino i pantaloni.

– Brava, è cosí che si fa, – approvò la vecchina
delle caldarroste. – Vieni, ti darò un po' di castagne.

– Prima, – disse la ragazza, – datemi un po' di
farina. Tingeremo di bianco Toro Seduto, cosí
i pastori non avranno piú ragione di diventare
nervosi a guardarlo.

– Ben pensata, – dissero i pastori. – Ma lui,
muso rosso, è d'accordo?

– *Augh!* – fece il pellerossa. E si lasciò tingere
tranquillamente di bianco.

– E l'aeroplano? – domandarono i pastori.

– Sapete che ne facciamo? – suggerí l'aviatore.
– Gli diamo fuoco, cosí ci scaldiamo.

– Ben pensata anche questa: tanto piú che
la notte è fredda.

Il fuoco riportò finalmente la pace sul
vecchio presepio. E intorno al fuoco i
pastori, al suono dei loro pifferi, ballarono la
tarantella.

TERZO FINALE

Al primo accordo della chitarra i pastori fecero
per slanciarsi contro i tre nuovi venuti, ma una
voce autorevole e severa li trattenne:
    – Pace! Pace!
    – Chi ha parlato?
    – Guardate, uno dei tre Magi ha lasciato la
carovana e sta venendo dalla nostra parte.
Maestà, quale onore!

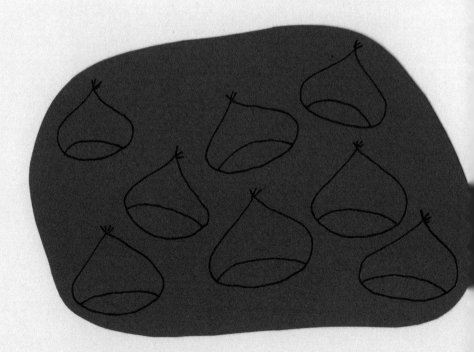

– Il mio nome è Gaspare, non Maestà. Maestà non è un nome.

– Ciao, Gaspare, – disse la ragazza con la chitarra.

– Buona sera, figliuola. Ho sentito la tua musica. Be', non si sentiva un gran che, con tutto quel chiasso. E ho sentito anche della musica migliore. Ma la tua non era da buttar via.

– Grazie, Gaspare.

– *Augh!* – fece il pellerossa.

– Salve anche a te, Toro Seduto, o Aquila Nera, o Nube Tonante, o comunque tu voglia essere chiamato. E buona sera a te, pilota. E a voi, pastori, e a te, nonnetta. Ho sentito il profumo delle tue castagne.

– Questa ragazzaccia me le voleva portar via...

– Su, su, forse ti è sembrato. Non ha l'aria di una ladra.

– E questo tipaccio con l'accetta? – gridarono i pastori. – Ci si presenta al presepio, con quel muso rosso?

– Avete provato a chiedergli perché è arrivato fin qui?

– Non c'è bisogno di chiederglielo. Si vede benissimo: voleva fare una strage...

– Io avere sentito messaggio, – disse il pellerossa. – Pace agli uomini di buona volontà. Io stare uomo di buona volontà.

– Avete sentito? – disse allora Gaspare. – Il messaggio è per tutti: per i bianchi e per i rossi, per chi va a piedi e per chi va in aeroplano, per chi suona la zampogna e per chi suona la chitarra. Se odiate chi è diverso da voi, vuol dire che del messaggio non avete capito nulla.

A queste parole fece seguito un lungo silenzio. Poi si sentí la vecchina che bisbigliava: – Ehi, ragazzina, ti piacciono le castagne? Su, prendi, e guarda che non te le vendo, te le regalo... E voi, pilota, ne volete? E voi signor Toro Volante, scusate, non ho capito bene il vostro nome, vi piacciono le castagne?

– *Augh,* – disse il pellerossa.

IL FINALE DELL'AUTORE

Il primo finale è antipatico. Il secondo, molto
ingiusto: perché costringe il pellerossa a
diventare un bianco. Quello giusto è il terzo, ma
naturalmente posso sbagliarmi.

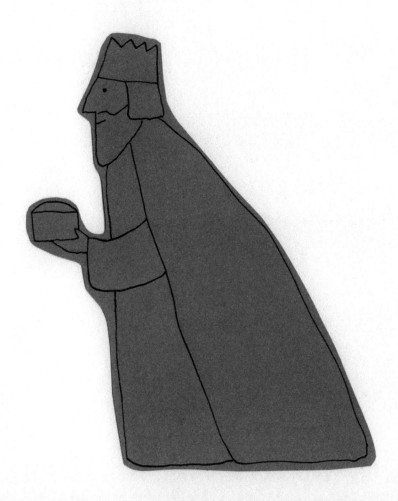

FILASTROCCA
DEL NATALE

Ritorna ogni anno, arriva puntuale
con il suo sacco Babbo Natale:
nel vecchio sacco ogni anno trovi
tesori vecchi e tesori nuovi.

C'è l'orsacchiotto giallo di stoffa
che ballonzola con aria goffa:
c'è il cavalluccio di cartapesta
che galoppa e crolla la testa;
e in fondo al sacco, tra noci e confetti,
la bambolina che strizza gli occhietti.
Ma Babbo Natale sa che adesso
anche ai giocattoli piace il progresso:
al giorno d'oggi le bambole han fretta,
vanno in auto od in lambretta!

E l'orsacchiotto, al posto del cuore,
ha un modernissimo motore.
Nel vecchio sacco pieno di doni
ci sono ogni anno nuove invenzioni.
Io del progresso non mi lamento
anzi, vi dico, ne sono contento.
«Viva la Scienza se ci dà
un poco piú di felicità!»
Signori scienziati, vi prego, inventate
le meraviglie piú raffinate:
ma per favore, lasciate stare
certi giocattoli che fanno tremare...
Non vanno bene per la mia sacca
le bombe atomiche e bombe acca!
Bella è la pace, chiara la via,
dite la vostra che ho detto la mia.

PACE

GLI UOMINI
DI GHIACCIO

Giovannino Perdigiorno,
viaggiando a casaccio,
capitò nel paese
degli uomini di ghiaccio.

Vivevano in frigorifero
con l'acqua minerale,
con il latte, la carne
e il brodo vegetale.

252

Se qualcuno per sbaglio
apriva lo sportello
gridavano: – Chiudete.
Ci si disfa il cervello!

– Al sole ci state mai? –
Giovannino domandò.
– Al sole? Tu sei matto...
Ci scioglierebbe. Ohibò!

– E il cuore ce l'avete
in quel petto ghiacciato?
– Il cuore? Scaldava troppo,
lo abbiamo eliminato.

«Che popolo sottozero, –
si disse Giovannino,
– mi si gelano le orecchie
solo a stargli vicino».

LA NEVE

Che bella neve, che invenzione
la neve di lana e di cotone...
Non bagna i guanti
né le mani senza guanti,
né i piedi senza scarpe,
né i nasi senza sciarpe,
né le teste senza cappello,
né i cappelli senza ombrello,
né le stufe senza carbone,
questa bellissima invenzione,
la neve di lana e di cotone.

L'UOMO DI NEVE

Bella è la neve per l'uomo di neve,
che ha vita allegra anche se breve

e in cortile fa il bravaccio
vestito solo d'un cappellaccio.

A lui non vengono i geloni,
i reumatismi, le costipazioni...

Conosco un paese, in verità,
dove lui solo fame non ha.

La neve è bianca, la fame è nera,
e qui finisce la tiritera.

PERCHÉ LA NEVE È BIANCA?

La neve è composta di piccolissimi prismi di acqua allo stato solido: pensa ai granelli dello zucchero, ma piú sottili e fragili; ognuno di essi ti rimanda un raggio di luce e il tuo occhio, senza dirti nulla, li somma tutti in un solo raggio bianco, accecante. Chissà se questa spiegazione ti basterà! In aggiunta, e per farmi perdonare le parole difficili, ti regalerò una canzonetta:

Una volta – non ditemi matto!
mi sono fatto
un monumento di neve.
Com'era bello,
tutto bianco tranne il cappello,
ch'era nero come un gatto nero.
Ma il sole uscí ad un tratto,
mi leccò via il naso,
mi fece cascare le dita:
per il mio monumento era finita.
Io però mi scaldavo a quel bel sole:
e non è meglio un po' di sole in cielo
che un monumento di neve e di gelo?

FA FREDDO

Italia sottozero.
Lo stivale si è ghiacciato.
Sta la neve sui monti
come panna sul gelato.

I gatti del Colosseo,
a Roma, battono i denti.
Si pattina sul Po
e i suoi maggiori affluenti.

È gelata la coda
di un asino a Potenza.
Le gondole di Venezia
sono a letto con l'influenza.

Un pietoso alpinista
è partito da Torino
per mettere un berretto
sulla cima del Cervino.

Ma dov'è, dov'è il mago
con la fiaccola fatata
per portare in tutte le case
una calda fiammata?

UNA VIOLA
AL POLO NORD

Una mattina, al Polo Nord, l'orso bianco fiutò
nell'aria un odore insolito e lo fece notare
all'orsa maggiore (la minore era sua figlia):

– Che sia arrivata qualche spedizione?

Furono invece gli orsacchiotti a trovare
la viola. Era una piccola violetta mammola
e tremava di freddo, ma continuava
coraggiosamente a profumare l'aria, perché
quello era il suo dovere.

– Mamma, papà, – gridarono gli orsacchiotti.

– Io l'avevo detto subito che c'era qualcosa di strano, – fece osservare per prima cosa l'orso bianco alla famiglia. – E secondo me non è un pesce.

– No di sicuro, – disse l'orsa maggiore, – ma non è nemmeno un uccello.

– Hai ragione anche tu, – disse l'orso, dopo averci pensato su un bel pezzo.

Prima di sera si sparse per tutto il Polo la notizia: un piccolo, strano essere profumato, di colore violetto, era apparso nel deserto di ghiaccio, si reggeva su una sola zampa e non si muoveva. A vedere la viola vennero foche e trichechi, vennero dalla Siberia le renne, dall'America i buoi muschiati, e piú di lontano ancora volpi bianche, lupi e gazze marine. Tutti ammiravano il fiore sconosciuto, il suo stelo tremante, tutti aspiravano il suo profumo, ma ne restava sempre abbastanza per quelli che arrivavano ultimi ad annusare, ne restava sempre come prima.

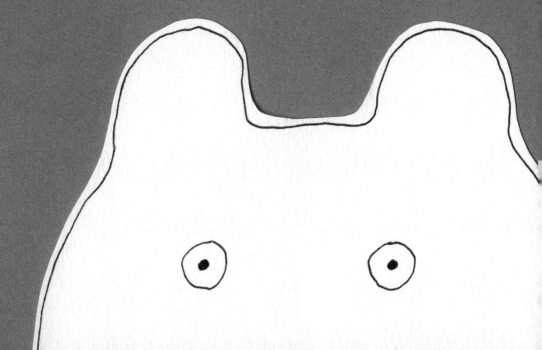

– Per mandare tanto profumo, – disse una foca, – deve avere una riserva sotto il ghiaccio.

– Io l'avevo detto subito, – esclamò l'orso bianco, – che c'era sotto qualcosa.

Non aveva detto proprio cosí, ma nessuno se ne ricordava.

Un gabbiano, spedito al Sud per raccogliere informazioni, tornò con la notizia che il piccolo essere profumato si chiamava viola e che in certi paesi, laggiú, ce n'erano milioni.

– Ne sappiamo quanto prima, – osservò la foca. – Com'è che proprio questa viola è arrivata proprio qui? Vi dirò tutto il mio pensiero: mi sento alquanto perplessa.

– Come ha detto che si sente? – domandò l'orso bianco a sua moglie.

– Perplessa. Cioè, non sa che pesci pigliare.

– Ecco, – esclamò l'orso bianco, – proprio quello che penso anch'io.

Quella notte corse per tutto il Polo un pauroso scricchiolio. I ghiacci eterni tremavano come vetri e in piú punti si spaccarono. La violetta mandò un profumo piú intenso, come se avesse deciso di sciogliere in una sola volta l'immenso deserto gelato, per trasformarlo in un mare azzurro e caldo, o in un prato di velluto verde. Lo sforzo la esaurí. All'alba fu vista appassire, piegarsi sullo stelo, perdere il colore e la vita.

Tradotto nelle nostre parole e nella nostra lingua il suo ultimo pensiero dev'essere stato pressappoco questo: – Ecco, io muoio... Ma bisognava pure che qualcuno cominciasse... Un giorno le viole giungeranno qui a milioni. I ghiacci si scioglieranno, e qui ci saranno isole, case e bambini.

NUMERI
SOTTOZERO

I numeri sottozero
sono molto importanti,
ma bisogna toccarli
solamente con i guanti:

freddi, gelati, carichi
di neve e di ghiaccio,
sono numeri frigorifero...
Però a me non dispiacciono.

Se non ci fossero loro
non si andrebbe piú a sciare
la slitta sarebbe inutile,
vietato pattinare.

Lo so, è triste la neve
per chi non ha un cappotto
quando il mercurio scende,
tocca lo zero e va sotto.

Quei numeri sarebbero
dunque cattivi e brutti?
Ma no, ma via: piuttosto,
diamo un cappotto a tutti.

NELLA NOTTE
DI CAPODANNO

Nella notte di Capodanno
i buoni romani sapete che fanno?

Dalla finestra gettano via
cenci, cocci e compagnia.

Piovono allegri sul selciato
il vecchio catino, il secchio sfondato,

pentole, chiacchiere, piatti e padelle,
sedie zoppe ed ex ombrelle.

Tu riparati sotto un portone,
fin che dura l'operazione,

ma non maledire la vecchia usanza:
chi getta i cocci si tien la speranza.

Queste cose brutte e amare
si dovrebbero buttare:

le baracche ed i tuguri
dove i giorni son tutti scuri,

la fame, la guerra, la cattiveria,
tutti gli stracci della miseria...

Ingombrerebbero troppo la via?
Poi penseremo a far pulizia.

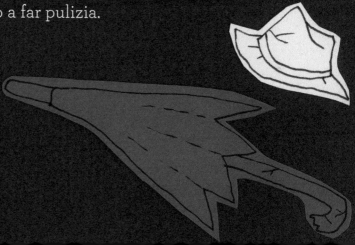

CAPODANNO

Filastrocca di Capodanno
fammi gli auguri per tutto l'anno:

voglio un gennaio col sole d'aprile,
un luglio fresco, un marzo gentile,

voglio un giorno senza sera,
voglio un mare senza bufera,

voglio un pane sempre fresco,
sul cipresso il fiore del pesco,

che siano amici il gatto e il cane,
che diano latte le fontane.

Se voglio troppo non darmi niente,
dammi una faccia allegra solamente.

L'ANNO NUOVO

Indovinami, indovino
tu che leggi nel destino:

l'anno nuovo come sarà?
Bello, brutto o metà e metà?

– Trovo stampato nei miei libroni
che avrà di certo quattro stagioni,

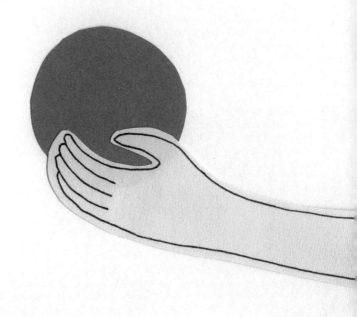

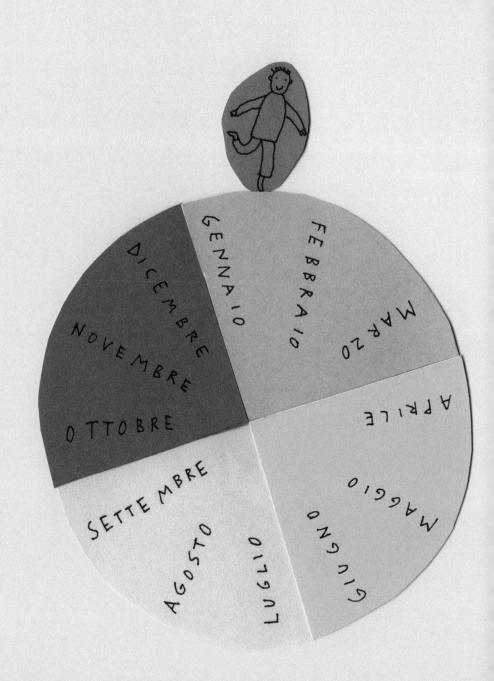

dodici mesi, ciascuno al suo posto,
un carnevale e un ferragosto,

e il giorno dopo del lunedí
sarà sempre un martedí.

Di piú per ora scritto non trovo
nel destino dell'anno nuovo:

per il resto anche quest'anno
sarà come gli uomini lo faranno.

BUON ANNO A TE

Buon anno a te,
buon anno a me,
a quelli di Rho,
a quelli di Cuorgné

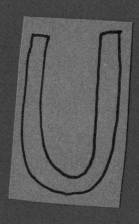

alla gallina
che fa coccodè,
al malatino
che dice trentatre,
alle belle figlie
di Madama Dorè,

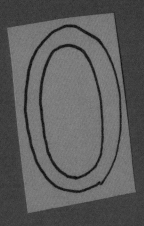

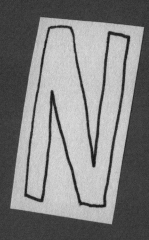

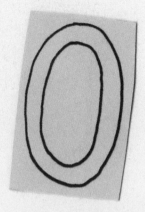

ai bottoni
del gilè,
a tutti, ma non
alla mosca tsé-tsé
e a quello che pensa
soltanto per sé.

BUON ANNO
AI GATTI

Ho conosciuto un tale,
di Voghera o di Scanno,
che voleva fare ai gatti
gli auguri di Capodanno.

Andando per la strada
da Modena al Circeo,
appena incontrava un micio
gli faceva: – Maramèo!

Il felino, non conoscendo
l'usanza degli auguri,
invece di rispondere
scappava su per i muri.

La gente si stupiva
e borbottava alquanto:
– Ma dia il Buon anno a noi!
che le diremo: «Altrettanto!».

No, quel bravo signore
di Novara o di Patti
si ostinava: – Niente affatto,
lo voglio dare ai gatti.

Voglio andare con pazienza
da Siracusa a Belluno
per fare gli auguri a quelli
cui non li fa nessuno.

OROSCOPO

– O anno nuovo, che vieni a cambiare
il calendario sulla parete,
ci porti sorprese dolci o amare?
Vecchie pene o novità liete?

– Dodici mesi vi ho portati,
nuovi di fabbrica, ancora imballati;

trecento e passa giorni ho qui,
per ogni domenica il suo lunedí;

controllate, per favore:
ogni giorno ha ventiquattr'ore.

Saranno tutte ore serene
se voi saprete usarle bene.

Vi porto la neve: sarà un bel gioco
se ognuno avrà la sua parte di fuoco.

Saranno una festa le quattro stagioni
se ognuno avrà la sua parte di doni.

VOGLIO FARE
UN REGALO
ALLA BEFANA

La Befana, cara vecchietta,
va all'antica, senza fretta.

Non prende mica l'aeroplano
per volare dal monte al piano,

si fida soltanto, la cara vecchina,
della sua scopa di saggina:

è cosí che poi succede
che la Befana... non si vede!

Ha fatto tardi fra i nuvoloni,
e molti restano senza doni!

Io quasi, nel mio buon cuore,
vorrei regalarle un micromotore,

perché arrivi dappertutto
col tempo bello o col tempo brutto...

Un po' di progresso e di velocità
per dare a tutti la felicità!

CARNEVALE

Viva i coriandoli di Carnevale,
bombe di carta che non fanno male!

Van per le strade in gaia compagnia
i guerrieri dell'allegria:
si sparano in faccia risate
scacciapensieri,
si fanno prigionieri
con le stelle filanti colorate.

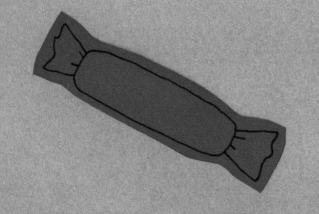

Non servono infermieri
perché i feriti guariscono
con una caramella.
Guida l'assalto, a passo di tarantella,
il generale in capo Pulcinella.

Cessata la battaglia
tutti a nanna. Sul guanciale
spicca come una medaglia
un coriandolo di Carnevale.

SCHERZI
DI CARNEVALE

Carnevale,
ogni scherzo vale.

Mi metterò una maschera
da Pulcinella
e dirò che ho inventato
la mozzarella.

Mi metterò una maschera
da Pantalone,

dirò che ogni mio sternuto
vale un milione.

Mi metterò una maschera
da pagliaccio,
per far credere a tutti
che il sole è di ghiaccio.

Mi metterò una maschera
da imperatore,
avrò un impero
per un paio d'ore:
per voler mio dovranno
levarsi la maschera
quelli che la portano
ogni giorno dell'anno...

E sarà il carnevale
piú divertente
veder la faccia vera
di certa gente.

INDICE